나의 퇴사를
적들에게 알리지 마라

CONTENTS

들어가며

　한 대학교 평생교육원에서 교육이 있던 날, 쑬딴스 대표님을 만났다. 대표님 강의가 끝나고, 근처 식당에서 반주 한 잔을 하다가 "지구소확행"시리즈에 대한 이야기를 들었다. 26개의 알파벳 각각을 주제로, 삶의 소소하지만 확실한 행복을 풀어낸다는 기획이었다. 마침 "R"은 "Retirement"를 주제로 작가를 찾고 있다고 했다.

　나도 모르게, 겁도 없이 손을 들었다.

　그리고 다음날, 술이 깨자마자 후회했다. 퇴직이라니. 그것도 발랄하게 쓰라니.

　이 나이 먹도록 '발랄'이라는 단어는 나와 거리가 멀었다. 더군다나 퇴직이라는 주제는 묵직하고 꺼내기 힘든 이야기 아닌가. '퇴직'이라는 단어만 들어도

퇴직전

퇴직후

황미연 (黃美娟)
/ Miyeon Hwang

myhwang.insight@gmail.com

퇴직 후 처음 벌어본 수익 200만 원. 그날
이후, 아침 10시에 눈을 떠도 죄책감이 들
지 않는 삶을 살고 있다. 사원으로 시작해
30여 년을 조직 안에서 일했고, 지금은 조
직 밖에서 '안정'을 향해 나아가는 중이다.

경력사항 요약

2025.04 ~ 현재	리앤파트너 헤드헌터 (전무)	리앤파트너
2025.04 ~ 현재	화담,하다 (이사)	㈜에코인투
2025.06 ~ 현재	人sight Curator (대표, 소장)	InQ Lab.
1997.10 ~ 2024.07	사원부터 최종 인사본부장(상무)	신한라이프
1991.01 ~ 1994.10	사원	코오롱메트라이프

교육 & 자격증

– 역량면접코치 2급 (한국바른채용인증원/ 2025.09)
– 채용전문면접관 1급 (한국바른채용인증원/ 2025.03)
– 채용전문면접관 2급 (한국바른채용인증원/ 2024.11)
– 기업교육 게미피케이션 1급 (팀노션에이치알디/ 2024.08)

숨이 턱 막히는데, 그걸 발랄하게 쓰라니 눈앞이 깜깜해졌다. 그렇다고 이제 와서 못 쓰겠다고 말하기도 애매했다.

그래서 썼다. 지우고, 다시 쓰고, 또 지웠다.

퇴직 후 1년의 나를 곰곰이 돌아봤다. 그렇게 생기발랄할 것까지는 없지만, 그렇다고 암흑 속에서 헤매고만 있던 시간도 아니었다. 물론 무기력이 몰려오는 날도 있었고, 한도 끝도 없이 추락하는 기분이 드는 날도 있었지만, 대체로 앞으로 나아가기 위해 무언가를 찾아보고, 실패해 보고, 다시 생각해 보는 시간들이었다. 지금 다시 사표를 냈던 그날로 돌아간다면, "그래도 사표를 내겠습니까?"라고 묻는다면, 나는 망설임 없이 "그렇다"고 답할 것 같다. 물론, 소소하게 수정하고 싶은 부분은 있지만, 전체 흐름을 바꿀 만큼의 후회는 아니다.

사실 나는 아무런 준비 없이 사표를 냈다. 임금피크 나이도 아니었고, 희망퇴직도 아니었다. 조직 안의 이슈로 자발적으로 선택한 퇴직이었다. 마음의 준비도, 경제적 준비도 제대로 되어 있지 않은 상태였다.

지금 와서 생각하면 '퇴직, 뭐 그까짓 것 별것 아니네' 싶다. 회사 다닐 때와는 달라진 상황이 낯설기는 하지만, 생각을 조금 바꾸면 더 많이 보고, 더 많이 배우고, '나로서 산다는 것'의 의미를 다시 생각하게 된다.

어느 날 유튜브 썸네일에서 '60대는 놀아야 행복하다'라는 문구를 봤다. 영상은 보지 않았다. 그걸 보는 순간 내 알고리즘이 그쪽으로 쏠릴 것 같아서. 하지만 제목만큼은 딱 내가 생각하는 삶의 방향과 맞았다. 60대에 놀기 위해, 지금은 조금 더 일을 해야겠지만, 예전처럼 조직에 맞춰 내 몸을 갈아 넣으며 일하고 싶지는 않다. 아니, 조금 더 솔직한 변명을 하자면, 체력 때문에 이제는 하고 싶어도 할 수가 없다는 말이 더 정확할지도 모르겠다.

사람마다 '산다는 것'에 대한 방식과 가치관은 다르겠지만, 한 가지, '나만 퇴직하는 것은 아니다'라는 것은 동일하다. 지금 이 책을 볼까 말까 고민한다면, 당신 역시 어떤 이유에서건 퇴직을 생각하고 있을 것이다.

퇴직은 특별한 사건이 아니라, 누구나 한 번쯤은 지나게 되는 인생의 전환점이다. 이 책은 잘 준비된 퇴직 이야기가 아니다. 퇴직 후 성공에 대한 이야기는 더더욱 아니다. 준비되지 않은 상태에서 퇴직을 통과해 온 한 사람의 좌충우돌 기록이다. 나 같은 사람의 지난 1년이 누군가에게는 위로가 되기를 바라며, 조금은 편안한 마음으로 자신의 퇴직을 받아들이는 계기가 되기를 바라는 마음으로 써 내려 갔다.

2024년 7월 퇴직, 2025년 12월 작성

1부

#퇴장 장면, 컷!

그럼 제가 책임지고 그만두겠습니다

"그럼 제가 책임지고 그만두겠습니다."

드라마 대사처럼 한마디 툭 던지고, 나는 그대로 사무실을 나와 버렸다.

"상무님, 이게 어떻게 된 거예요? 무슨 말이라도 하셔야죠!"

"나중에 하자. 정리하고 만나면 되지."

그 말만 남기고, 마지막 인사는커녕 책상 위 내 물건 하나 제대로 챙기지 못한 채 쿨하게 걸어 나왔다.

"내 물건은… 다 버려줘. 부탁해."

마치 미리 시나리오라도 짜 놓은 사람처럼, 그렇게 멋있게(?) 떠났다. '잘했어. 구차하게 굴 필요 뭐 있어. 뒤도 돌아보지 말자'…라고 스스로를 토닥였지만, 사실 지금은 후회한다. 적어도 정든 물건 정도는 챙겨 나올 걸. 하는 작은 후회.

순간의 각오로 멋지게 퇴장하긴 했지만, 돌이켜 보면 회사에서 보낸 '27년의 나'를 내가 너무 빨리 지워 버린 건 아니었을까 하는 아쉬움이 남는다. 그동안 고생한 나에게도, 먹고 살게 해 준 조직에게도 조금 더 정중하고 따뜻한 이별을 했으면 좋았겠다는 뒤늦은 마음이 든다. 잠깐 사귄 연인과 헤어질 때도 위로할 시간이 필요한데, 27년을 함께한 조직과의 이별을 '단칼'에 끝내버린 건 아무래도 아쉬움이 남는다.

퇴사를 준비 중이라면, 찬찬히. 필요한 물건과 기념될 만한 것 정도는 챙겨보는 건 어떨까. 적어도 '내가 여기 살았다'는 작은 흔적 하나쯤은 품고 나와도 괜찮으니까.

나 같은 사람은 어디서든 환…영?

뒤돌아서 나오던 그 순간, '앞으로 어떻게 살아야 하지?' 같은 심오한 고민은 정말 '1'도 없었다. 오히려 이상하게도 해방감과 기대감이 동시에 몰려왔다. '나 이제 겨우 50대 초반인데? 한참 일할 나이지! 어디든 다시 갈 수 있어~' 오히려 자신감은 어느 때보다 충만했다.

'27년 동안 한 번도 쉬지 않고 일해 왔으니, 드디어 나도 재충전할 기회가 온 거야!' 하며 스스로를 다독였다. 게다가 마음 한구석에는 '나 같은 사람은 어디서든 환영받겠지!'라는 살짝… 아니, 꽤 진한 오만함도 자리 잡고 있었던 것 같다.

지난 27년간 자기반성, 꼼꼼함, 성실함을 무기로 주어진 일은 뭐든 해냈다고 믿어왔다. 그런데 막상 퇴사를 하고 보니 정작 나 자신을 바라보는 '자기 인지'는 하나도 되어 있지 않다는 걸 그제서야 깨달았다. 짧고 굵은 인사쟁이 생활 동안, 젊은 관리자로의 세대교체를 누구보다 앞장서서 이야기했으면서, 정작 '내가 속한 50'이라는 나이대에 대한 인식은 왜 달랐을까. 왜 나에게만은 그토록 관대했던 것일까.

인정하기 싫지만 인정해야 하는 사실이 있다. '50' 이후 재취업은 천운을 타고 나야 한다는 것이다. 대

부분의 조직 안에서 '50'은 금기어다. 한참 일할 나이이면서 동시에, 한참 '퇴직 대상'이 되는 나이이기 때문이다. 드라마에서 이런 대사를 본 적 있다.

"헛된 희망은 네 목을 조르는 올가미와 같아. 그 희망을 버리면 편해진다." 맞다.

'나 같은 사람은 어디서든 환영받겠지!'라는 헛된 희망부터 버리면 편해진다. 그제서야 비로소 지금 해야 할 것들이 보이기 시작했다.

회사 밖은 전쟁터

퇴직 후 1년이 지났다. 이제는 확실히 말할 수 있다. 퇴직을 안 해본 사람은 퇴직을 말하면 안 된다. 예전에는, 뉴스에서 "퇴직금 사기" 같은 이야기를 들으면 속으로 이런 생각을 했다.

'아니, 회사를 어떻게 다녔길래 사기를 당해? 사회생활 허투루 했네…'

퇴직한 선배를 만나면 늘 이런 이야기가 나왔다.

"나오면 전쟁터야!"

그럴 때면 나는 꼭 말대꾸를 했다.

"그 전쟁터 가고 싶네요. 회사가 더 전쟁이에요."

그러면 선배는 "자식, 니가 당해봐야 알지" 하며 술잔을 기울였다. 그때는 그 '전쟁터'가 그저 '힘들다'는 말쯤으로 들렸던 것 같다. 27년 동안 내가 회사인지, 회사가 나인지도 모른 채 조직 안에서 뼈가 부서지게(?) 일했다. 그 안에서는 '나 좀 똑똑하지?' 하며 살았는데, 막상 밖으로 나와 보니 그동안 나는 우물 안 개구리도 아니고, 그냥 우물 안 바보였다.

회사라는 울타리 안에는 정해진 출퇴근 시간, 내가 해야 하는 역할과 역할에 어울리는 직함, 예측 가능한 루틴이 있었다. 누군가 잘 만들어 둔 시스템 안에서 나는 움직이고 있었다. 관계도 마찬가지였다. 필요에 의해 만들어지고, 필요하면 도움을 받을 사람이 항상 곁에 있었다. 나는 누군가의 동료였고, 선배였고, 후배였다. 적어도 그 시스템 안에서는 같은 목표를 향해 함께 가는 사람들이 있었다.

지금은? 혼자다.

북 치고 장구 치고, 심지어 북도 깎고, 장구도 사

와야 한다. 지금은 북 칠 시간이라고 알려주는 사람도 없고, 내가 북채는 제대로 잡았는지, 박자는 맞추고 있는지, 궁금하면 내가 직접 전문가를 찾아가 물어봐야 한다. 전문가를 찾는 것조차 전부 내 몫이다.

회사 밖 전쟁터는 나를 지키던 울타리가 사라진 것이었다. 나는 한 번도 겪어보지 못한 "자율"이라는 세상에 내던져졌다. 회사와는 전혀 다른 관계를 만들고, 모든 것을 스스로 결정하고, 나를 증명할 성과를 만들고, 예측 불가능한 변수에 대응해야 하는 그런 세상이다. 마치 '수학의 정석' 기본편이 교과서에 충실한 기본기를 다지는 것이었다면, 이제 나는 실력편을 풀 차례가 된 것이다. 수학의 정석 실력편을 못 풀어 봤으면 어떻습니까, 인생의 실력편을 멋지게 풀어 보면 되지.

뭐든 하나만 잘 풀면 충분하다는 생각이다.

2부

오늘부터 1일

시간의 무게: 직장인 DNA가 따라왔다

안 돼, 눈을 뜨면 안 돼!

눈이 떠졌다. 어제 친구들과 퇴직 축하주를 진탕 마셨는데도 몸은 기가 막히게 제 시간을 찾아간다. 아침 5시 30분에 눈이 떠졌다. 출근할 땐 후다닥 일어나 준비하고 나갔겠지만, 난 이제 그럴 필요가 없다.

"안 돼… 일어나면 안 돼… 더 자야 해…"

'나는 잘 수 있다'를 속으로 외치며, 눈을 절대로 뜨지 않겠다는 의지로 눈꺼풀을 테이프로 붙인 사람처럼 꼭 감고 버텼다. 억지로 잠의 끝자락을 붙잡으며 자다 깨다를 반복한 끝에 겨우, 8시에 일어났다.

'아… 나랑 술 마신 친구들은 지금쯤 출근했겠지?'

갑자기 그들이 안쓰러운 게 아니라, 내가 더 안쓰

러운 이 느낌은 뭘까. 27년간 나를 지배해온 '직장인'이라는 유전자가 세포 하나하나에 박혀 "너는 왜 아직도 침대에 있는 거니?"라며 나를 채근하는 것 같다.

넉넉함이 데려온 불편함

여전히 6시면 눈이 떠진다. 공복에 운동해야 살이 잘 빠진다는 소리는 어디서 들었는지, 몸은 여전히 '효율'을 찾는다. 눈 뜨면 운동화를 신고 한 시간 반 정도 산책을 한다. 집에 돌아와 아침을 먹고, 근육 운동을 하고 나면 12시.

'지금까지는 나름 알찬 시간을 보냈어. 좋았어.'

이제 오후 시간이다. 한가하다.

회사에 다닐 때는 하루가 어떻게 지나갔는지도 모를 만큼 바빴다. 회의, 보고, 점심 약속, 다시 회의. 하루 동안 어떻게 그렇게 다양한 일들을 했을까? 시간을 쪼개 가며, 역할을 바꿔 가며 '시간을 쪼개 쓰는 능력'이 몸에 배어 있었다.

그런데 일을 내려놓고 나니, 시간이 갑자기 '확' 열렸다. 비어 있는 달력, 비어 있는 하루. 그 넉넉함이 편안함보다 불편함을 먼저 데려온다. 몸은 쉬라고 말하는데, 머리는 "이렇게 있어도 되나?"하며 눈치를 본다.

KPI가 없는 프로젝트

뭐라도 하자. 마침 아이들 여름방학 기간이라 매일 한 가지씩 뭔가를 만들어 댔다. 김밥 20줄, 잡채 한 봉지, 불고기 3근, 김치찜 등등 아들 둘이 먹는 양이 만만치 않다. 음식 하나를 만들기 위해 유튜브를 몇 차례씩 돌려보며 눈과 손을 바쁘게 움직이고 나면, 아이들이 맛있다고 말해준다. 나름 그 안에서 안정을 찾았던 것 같다.

2주가 지날 무렵, 아이들이 한마디씩 했다.

"엄마, 심심해서 그래? 그만해."

"다른 거 해, TV 보고 놀아."

'놀아.'

논다는 것이 왜 그렇게 어려울까. 영화나 드라마를 보고 나면 하루가 훌쩍 가 버리는 게 무의미한 시간을 보낸 것 같고, 성과 없는 하루가 죄스러웠다. 사실 버거운 건 '노는 것'이 아니라, 아무것도 안 해도 되는 시간과 처음 마주하는 이 생경한 '낯설음'이다.

이 낯설음을 이겨보겠다고 무작정 집안일의 세계에 뛰어들었다. '이 세계 만만치 않네' 하는 생각을 하다 보니, 예전에 전업주부 친구와 나눈 이야기가 생각났다.

"얘가 얘가 뭘 몰라. 회사 다니는 게 편한 줄 알아라. 집안일은 해도 끝이 없어. 네가 안 해봐서 그래."

"나 이래 봬도 애 둘 키우는 워킹맘이다. 너는 긴장감이 없으니까 집안일이 끝이 안 나는 거야. 바싹 긴장하고 하라고~ㅋㅋㅋ"

정말 집안일의 세계를 알지도 못하면서 내뱉은 아무 말 대잔치였다. 그 친구에게 진심으로 사과한다. 별것 아닌 것처럼 이야기했던 '청소 좀 하고, 빨래 좀 하고, 반찬 좀 하고…' 그런데 그 '좀'이라는 녀석이 하루를 통째로 잡아먹는다. 나물 하나를 무쳐도 사와서 다듬고, 씻고, 삶고, 양념하고… 이게 무슨 요리도 아닌 것이, 거의 프로젝트 수준이다.

그래도 최고봉은 김치라는 생각이 든다. 배추 절이

고, 씻고, 버무리고 통에 넣어 숙성까지 하루가 신기루처럼 사라진다. '빨리빨리'라는 말이 통하지 않는 세상을 만났다. 내 의지로 할 수 있는 일이 없다. 그저 기다리는 것이 일이 되어 버렸다.

회사에서는 잘하면 칭찬도 받고 성과급도 받는데, 집안일! 이건 뭐 누구 하나 잘했다고 하는 사람도 없고, 평가할 지표(KPI)도 없다. 평가가 없으니 보상도 없다. 보상이 없으니 재미가 없다. 재미가 없으니 힘은 두 배 아니 세 배, 네 배는 더 든다. 할 일 없이 김치를 담그다 보니 별 생각이 다 든다.

이 고된 노동은 그 어떤 성과 지표도 남기지 않고 나를 허탈하게 만들 뿐이다.

평일 여행, 부럽기만 할까?

이 낯설음은 집 밖에서도 계속되었다. 회사 다닐 때 평일에 여행을 간다는 것은 상상도 할 수 없는 '어마어마한 사치'였다. 일요일 오전, 나는 부랴부랴 서울로 가고 있는데, 여전히 여행지에 남아 있는 사람들, 반대편 차선에서 여행지를 향하는 사람들을 볼

때마다 나는 늘 생각했다.

'와… 저 사람들은 뭐 하는 사람이길래 평일에 여행을 다니냐. 부럽다. 우리나라는 부자가 참 많구나.'

그 부러움의 물결에 합류하고자 아침 일찍 맛집을 찾아 나섰다.

"평일이라 그런가 대기가 없네, 여기 맛집 맞아?"

친구와 쓸데없는 농담도 하고, 식사 후에는 경치 좋은 카페에서 차 한 잔을 마셨다. 단풍이 들락말락 하는 나뭇잎을 세어 가며 바람결 하나하나를 느끼는 여유. 정말 세상에 이런 호사가 없었다.

그런데 이상하다. 내일도 이럴 수 있다고 생각하니 뭔가 좀 껄적지근하다. 혹시 내가 부러워했던 그들 중 누군가도, 일요일에 부랴부랴 올라가는 나를 부러워하지는 않았을까? 하는 생각이 불현듯 스쳐 지나간다. 내가 누리는 이 시간이 꿈꾸던 자유인지, 궤도를 이탈한 불안인지 헷갈리기 시작했다. 소속 없는 자유는 때로는 공포에 가까웠다.

빨리빨리를 외치던 삶에서 천천히 살아도 괜찮다는 감각을 배우는 중이다. 달리기만 하던 사람이 갑

자기 멈추면 몸이 앞으로 쏠리는 것처럼, 지금 내 마음이 쏠려 휘청거리는 건 당연한 일이다.

난 이제 빨리빨리 하지 않아도 된다. 아니 아무것도 하지 않아도 된다. 오늘 안에 무엇인가를 해내려고 스스로를 들볶을 필요도 없다.

그동안 충분히 달렸으니 이제는 나를 돌아보는 시간을 가져보자. 멈춰 서서 내가 진정으로 원하는 것이 무엇인지 탐색하는 여유, 그 '어색한 느림'을 기꺼이 받아들여 보려 한다.

돈의 무게: 한 끗 차이

효도는 자본으로

회사 다니면서 1년에 한두 번은 부모님과 여행을 하려고 노력했다. 물론 금요일 늦은 오후에 떠나 토요일 아침에 돌아오는 짧은 1박 2일 일정이었지만, 좋은 호텔에서 자고 하루 저녁 맛있는 식사를 하는 것만으로도 충분했다. 부모님은 만족해하셨고, 나도 '돈'으로 일정 부분 효도를 타협하고 생색 내기 좋았으니, 모두 만족스러운 여행이었다.

이번에는 달랐다. 돈보다는 부모님과의 교감, 그리고 백수만이 누릴 수 있는 여유로운 여행을 꿈꾸며 아침 출발, 저녁 도착이라는 꽉 찬 1박 2일 코스를 선택했다. 출발 전에는 평일의 한적함과 효심 가득한 풍경을 상상하며, 아침 10시 기차에 몸을 실었다. 겉으로는 아주 완벽한 여행이었다. 평일이라 관광지는 붐비지 않았고, 관광택시를 이용해 편안하게 이동하며 맛집 탐방과 유적지 설명까지 곁들였다.

그런데 이상하다. 나는 왜 이렇게 힘들지? 오래 떨어져 산 세월 탓일까, 왠지 모를 불편함이 스멀스멀 올라왔다. 하루를 꼬박 보냈는데, 내일 하루가 더 남아있다는 사실이 당혹스러웠다.

곰곰이 생각해 보니 이번 여행에서 나는 휴식을 즐기는 여행자가 아니었다. 출발 준비부터 나는 여행 가이드가 되어 있었다. 기차표 예매부터 여행 일정 짜기, 맛집 알아보기까지 내 손을 거치지 않은 것이 없었다. 물론 관광택시를 이용하면서 대략의 일정은 있었지만, 세부적인 일정은 내가 짜야 했다.

여행지에서도 내 신경은 온통 부모님께 곤두서 있었다. 걸을 수 있는 거리인지, 음식은 입에 맞으시는지, 하루의 동선이 너무 길지는 않은지, 심지어 화장실은 다녀오셨는지까지 확인해야 했다. 부모님은 쉬고 계시지만, 나는 일을 하고 있었던 셈이다.

'아, 부모님을 사랑하지만 힘든 건 힘든 거구나.' 그 생각이 스칠 즈음, 문득 이런 질문이 생겼다. '그렇다면 부모님은 어떠셨을까.' 물어보지는 않았지만, 혹시 나의 표정을 살피고 나의 속도를 맞추느라 부모님도 애쓰고 계셨던 건 아닐까.

여행의 결론은 단순했다. 마음이 부족해서가 아니라 서로를 배려하느라 힘든 것보다는, 일정 부분 '돈'과 타협했던 과거의 내가 현명했다는 생각이 들었다.

'그런데, 이제 그 돈은 누가 주지?' 현실로 돌아온 내가 마주하는 질문이다.

고정비의 두얼굴

퇴사하고 첫 한 달은 마치 월급날이 계속 올 것처럼, 회사 다닐 때처럼 살았다. 내심 한 달 안에 어디서든 연락이 올 것이라는 헛된 희망이 있었던 것 같다. 평소처럼 커피를 사고, 택시를 타고, 외식을 하다 보니 한 달이 정말 눈 깜짝할 사이에 지나갔고, 어영부영하다 보니 어느새 3개월이 훌쩍 흘러 있었다.

3개월이 지나고 나니 스멀스멀 불안감이 올라온다. '나 이대로 괜찮은 거니?' 통장에 일정 금액을 넣어두기는 했으나, 필요할 때마다 돈을 빼 쓰는 것은 나의 준비 없는 퇴직에 대한 반추가 되는 것 같아 여간 스트레스가 아니었다. 특히 '돈으로 시간을 사던 소비 습관'은 어느새 '고정비'라는 이름의 괴물을 만들어냈다.

청소, 외식, 택시… 회사 다닐 때는 시간이 없는 나를 대신하는 '고마운 도우미'였지만, 시간이 남아도는 지금은 그 편안함에 중독되어 버린 내 몸을 위해 '끊어내야 할 약' 같은 존재가 되어 있었다.

이쯤 되니 결론은 하나였다. 취업을 하든, 고정비를 몸으로 때우든 이제 내가 직접 움직여야 한다. 나는 그동안 월급을 받는 것에 익숙했으니, 고정비를 줄이기보다는 고정비 벌기를 선택했다.

인사쟁이 경험을 살려 멋들어지게 이력서를 쓰겠다며 노트북을 열었다. 배운 대로 경력을 늘어놓는 것이 아니라 내가 무엇을 할 수 있을지 보여 주겠다며 썼다, 지웠다를 반복했다. 하지만 무엇을 할 수 있을지 보여주는 것이 문제가 아니었다. 당장 뭘 했는지도 기억이 나지 않는다. 나의 직장 생활 27년은 오롯이 한 회사만을 위한 경력이었다. 나는 왜 그동안 나의 가치를 만들기 위한 노력을 하지 않았을까. 그 흔한 자격증 하나 없이, 교육 하나 듣지 않고, 아니, 해왔던 일에 대한 정리조차 하지 않았을까.

그래도 어찌어찌 작성을 하고, 여기저기 기웃거리고, 지인을 통해 연락도 하고 기다려봤다. 나의 경력이면 누군가 불러주겠지, 동일 업계가 아니더라도 나의 경력을 인정하는 회사가 있을 거야. 정말이지 '그건 니 생각이고~' 라는 냉정한 현실뿐이었다.

내가 누군데!

현실의 냉혹함은 여기서 끝나지 않았다. 설상가상으로 마이너스 통장 만기가 도래했다는 연락이 왔다. 그래도 급하게 돈이 필요할 때 요긴하게 사용하는 통장이었는데, 백수가 되었다는 이유로 갱신을 할 수 없단다.

"아니, 내가 누군데! 주거래 은행으로 몇 년을 거래했는데, 백수가 되었다고 이렇게 야박하게 대해!"

"네, 고객님. 직장이 없으시니까요, 나중에 취업하시면 가능하세요."

따져봐야 소용없는 일이다. 괜히 진상 고객으로 이름만 올릴라. 어차피 은행은 나의 성실했던 과거가 아니라, 불투명한 오늘을 보고 있었다.

만약을 대비한 여유자금까지 갖고 있어야 한다. 나는 그제야 정신이 번쩍 들었다. 퇴사 전에 빚은 무조건 정리했어야 하는데, 퇴사를 알았나 뭐… 어쩔 수 없는 일이다. 괜찮다며 나를 진정시키고, 비정기적인 수입을 정리하고, 통장을 분리하고 가계부를 적기 시작했다.

'돈 때문에 스트레스 받지 말자', '돈 때문에 무엇인가를 결정하지는 말자' 나는 그동안의 30년과는 다른 삶을 살기 위한 주문을 외운다. 그리고 자연스럽게 '고정비 벌기'보다 '고정비 최소화'로 전략을 수정했다. 하지만 이상한 일이다. 퇴직 전에는 지금보다 훨씬 큰 금액이 드나들어도 아무렇지 않았는데, 이제는 몇만 원을 찾아 쓰는 것조차 심장이 살짝 조여온다. 왜 이렇게 쫄릴까?

받던 돈과 꺼내 쓰는 돈, 그 사이

스스로 자문해 본 결과 '받아서 쓰는 돈'이 아닌 '꺼내서 쓰는 돈'이기 때문이라는 결론에 도달했다. 생각해 보면 지금까지 나는 늘 누군가 주는 돈을 쓰며 살아왔다. 어릴 땐 부모님이 주시는 용돈을, 직장인이 된 후엔 회사가 주는 월급을 써왔다. "매달 줄 테니 마음 놓고 써도 돼. 너의 소비를 위해 허락된 돈이야"

하지만 이제는 같은 돈을 써도 "너의 미래는 괜찮겠니? 모아 둔 돈을 깎아 먹고 있잖아"라는 내면의 속삭임이 죄책감을 자극한다. 이건 단순히 '돈을 쓴다'는 차원을 넘어 나의 정체성 자체에 대한 의심과 심리적 불안을 자극해 나를 초조하고 위축된 상태로 몰아넣어, 어떠한 선택을 할 때 "가치"가 아닌 "값"

으로 하게 만든다.

그래서 나는, 나의 정신 건강과 현명한 소비를 위해 스스로에게 월급을 주기로 했다. 여전히 나는 월급 안에서 계획적인 소비를 하는 사람이다, 나는 즉흥적으로 곳간을 털어 쓰는 사람이 아니라는 심리적 안전감을 주기 위해 나의 뇌를 살짝 속여 스스로를 합리화시켜 본다.

물론 월급은 줄었고, 나의 집안일 노동 강도는 올라갔다.

나의 무게: 제일 무서운 질문,
"그래서 지금 뭐 하세요?"

퇴직한 사람에게 가장 무서운 질문이다.

"그래서 요즘은 뭐 하세요?"

딱히 무언가를 열정적으로 "하고 있다"는 것도 아닌데, 그렇다고 "아무것도 안 한다"고 말하기는 살짝 자존심이 상한다. '스스로 월급'을 받으며 어영부영 지내다 보니 어느새 6개월이 훌쩍 지났다. 이제는 슬 슬 무언가 해야 할 것만 같은, 정체 모를 압박감이 발끝부터 차오르기 시작했다.

사실 마음이 복잡했다. 큰돈을 들여 무언가를 시작하는 건 위험 부담이 너무 커서 엄두가 나지 않았다. 그렇다고 다시 9시부터 6시까지 출퇴근하는 조직으로 복귀하는 건 상상만 해도 숨이 막혔다. 결국 프리랜서처럼 적당한 수입을 얻을 수 있는 것을 찾아야 하는데, 딱히 떠오르는 것이 없었다.

많은 사람들이 인생 2막은 좋아하는 것, 하고 싶은 것을 하라고 하는데 나에게도 그런 것이 있었나 싶어, 과거로 기억을 돌려봤다. 동료들과 술자리에서 "나는 더 나이 들면 '나비찻집' 마담이 될 거야"라는 이야기를 농담삼아 하곤 했었다. 아버지가 농사를 지으셔서 겨울이면 나비찻집에서 놀고 계셨고, 식사 때마다 아버지를 찾으러 그곳에 가곤 했다. 찻집 문을 열면 느껴지던 따뜻한 온기, 사람들의 웃음소리, 그리고 곱게 화장한 마담 아줌마의 모습. 어린 내 눈에 그곳은 참 편안한 세상처럼 보였었다.

'지금 커피숍을 해 볼까?'

앗. 목돈이 들어야 하고, 창업했다가 망하면 그나마 갖고 있는 시드 머니를 날리게 된다. 게다가 진상 손님이 은근 많다던데, 이 나이에 사람 상대하는 건 어렵겠다. 일단 접자.

그럼 최소 자본으로 할 수 있는 게 뭐가 있을까? 나는 옷을 참 좋아했다. 첫 월급을 받기 시작하면서부터 사고 싶은 옷은 빚을 내서라도 사는 편이었고, 리폼도 곧잘 해서 입었다. 한때는 내 스타일대로 만들고 싶어 재봉기술을 배우러 학원을 다닌 적도 있었다. 대학도 의상 디자인과를 가고 싶었지만, 그때는 여자가 기술을 갖는다는 것에 대한 부모님의 우려와 등록금 부족으로 포기했던 기억이 났다.

그래! 플랫폼에서 옷을 팔아 보자. 뭔가 특색 있는 컨셉이 필요하다. 좋아! 저렴한 옷을 리디자인해 팔아 보자. 아… 그럼 바느질을 해야 하는데 노안으로 눈은 침침하고, 재봉틀을 돌리다 보면 어깨도 많이 아플 테고, 내가 지금 시작한다고 남들보다 잘할 것 같지도 않고… 이건 그냥 어릴 때 꿈으로 남겨 두자.

아, 내가 좋아했던 것들은 젊었을 때 했어야 하는

건가? 나는 왜 좋아하는 것 하나 꾸준히 하지 못했을까 하는 자책이 밀려왔다. 그러다 문득 묘한 결론에 다다랐다. 그렇게까지 좋아했던 건 아닌가 보다.

생각해 보면 나는 휴일 지나 월요일이 설레기도 하는 사람이었다. 회사에서 동료들과 노닥거리는 시간이 좋았고, 조직을 위해 내가 기여하는 과정 자체가 즐거웠고, 조직을 위해 이것만은 하고 싶다는 것도 있었다. 하지만 조직을 떠나 나를 중심에 두고 내가 좋아하는 것, 내가 하고 싶은 것을 찾기는 정말이지 너무나 어려운 일이다.

그러던 중 우연히 "자기가 좋아하는 일은, 자기가 좋아하는 일이라고 스스로 결정하는 것이다. 결정하는 순간에 자기가 되는 것이다"라는 이야기를 들었다.

그렇다면 막연하게 '한 번 해볼까?' 생각만 했던 것들을 이제는 하나씩 꺼내 봐야겠다. 거창한 성공을 위해서가 아니라, 내가 무엇을 좋아하는지 스스로 결정할 수 있는 근거를 만들기 위해서 말이다. 어쩌면 지금이 내 인생에서 가장 적절하고도 유일한 기회인지도 모르겠다.

3부

Rebooting: 다시 쓰는 'R'

Reinvent: "황미연씨"라고 불리던 날

직장 생활을 30년 하다 보니, 내 주변의 대부분은 비즈니스로 만난 사람들뿐이었다. 개인적인 관계라고 해봐야 가족과 아주 가까운 친구 서너 명 정도. 그래서인지 퇴직 후에도 누군가를 만나면 사람들은 자연스럽게 나를 이전 직책으로 불렀다. 나 역시 그게 어색하거나 이상하다고 생각한 적이 없었다. 그저 '원래 그런가보다'하고 받아들였던 것 같다.

퇴직 후 이런저런 일을 겪으며, 과거에 대한 마음 정리는 이미 다 끝냈다고 굳게 믿고 있었다. 이제는 새로운 삶을 받아들일 준비가 충분히 되었다고 자신하던 그때, 나의 정체성을 뿌리째 흔들어놓은 사건이 일어났다.

전직 교육 서비스로 인연을 맺은 교육업체에서 도움을 요청해 온 것이 시작이었다. 규모가 있는 집체 교육을 해야 하는데 퍼실리테이터가 부족하다는 내용이었다. 평소 관심 있던 분야라 흔쾌히 수락하고 첫 미팅에 참석했다. 진행 인원 중 나만 새로 합류했기에 자연스럽게 소개의 시간이 왔다.

"이번에 퍼실리테이터로 함께할 황미연 씨입니다."

…황미연 씨? 순간 심장이 '쿵'하고 내려앉았다. 다행히 표정 관리에는 성공했다. "반갑습니다. 잘 부탁드립니다"라며 자연스럽게 인사했다. 하지만 마음속 깊은 곳에서 올라오는 정체 모를 감정은 좀처럼 잦아들지 않았다.

집으로 돌아오는 길에 그 감정이 다시 올라왔다. 이 허탈함은 무엇일까? 왜 이런 기분이 드는 것일까? 생각해 보면, 교육을 위해 만난 자리니 과거의 직급이나 직책을 언급하지 않는 건 너무나 당연한 일이었다. 이성적으로는 100% 이해하지만, 그럼에도 불구하고 왜. 도대체 왜. 그 한마디가 나를 이렇게 휘청이게 했을까. 나는 아직 과거의 나로부터 한 발짝도 벗어나지 못했던 것이다.

문득 과거에 강의했던 시나리오의 한 대목이 선명하게 떠올랐다.

"제가 얼마 전 퇴사한 후배를 만났어요. 그 후배가 이런 이야기를 하더라고요. 회사 다닐 때는 명함이 저를 말해 줬어요. 명함 한 장이면 내가 어떤 일을 하는지, 어떤 호칭이 자연스러운지 굳이 말하지 않아도 되었어요. 그런데, 회사를 떠나고 명함이 사라지는 순간 나를 설명하기가 너무 어려워요."

그 당시 나는 너무도 자연스럽고 당당하게 말했다.

"여러분 명함은 영원하지 않습니다. 언젠가 사라집니다. 스스로의 경쟁력을 키우세요."

명함이 사라진 지금에서야, 명함이 곧 '나'였다는 것을 깨달았다. 명함이 없다는 것이 얼마나 큰 정체성의 혼란을 가져오는지 그때는 몰랐다. "황미연 씨"로 불린 그 순간, 나는 발가벗겨진 나를 마주했다. 나를 보호하고 있던 단단한 껍질이 사라지고, 어떠한 것으로도 설명되지 않는 나만 남아 무엇을 해야 할지 모르는 채 엉거주춤 서 있는. 당장 벗어나고 싶지만 어디로 가야 하는지도 모르는. 그 낯선 공백 속에 잠시 멈춰 있는 기분이었다.

이제 나는 "황미연 씨"로 나 스스로의 보호막을 만들어야 한다.

Reframe: 똑똑똑, 새로운 문을 두드려 보자

조직 생활의 문이 닫혔으니 다른 문을 열어야 한다. 하지만 누구도 먼저 와서 문을 열어 주지는 않는다. 이왕 닫힌 문은 미련 없이 꽉 닫아버리고 새로운 문 앞에 서기로 했다.

음… 그 문을 열기가 여간 어려운 게 아니다. 여러 개의 문이 있는데 어떤 문을 열어야 할지 도통 알 수가 없다. 머릿속에서는 이건 이렇고, 저건 저렇고, 할 수 없는 핑계를 참 많이도 만들어내고 있다.

아니, 누가 문 여는 개수를 정해 놓은 것도 아니고 문 한 번 열었다고 그 문 안에 갇히는 것도 아니다. 그런데 나는 왜 두드리는 것조차 이렇게 겁을 내고 있을까. 정답이 정해진 문이 있는 것도 아니고, 살짝 열어보고 아니다 싶으면 다시 닫으면 그만인데 말이다.

"그래, 일단 열어보자. 그러다 들어가고 싶은 문이 생기면 조금 더 깊숙이 들어가 보는 거야."

결심을 하고 이것저것 생각나는 것들을 적어 내려 갔다. 적다 보니, 카페, 에어비앤비, 무인 숍, 스터디 카페 등 유행하는 창업 아이템들뿐이다. 내가 잘할 수 있는지 와는 전혀 상관없이 그저 겉보기에 그럴 싸한 리스트였다.

앗! 이러다 드라마(서울 자가에 대기업 다니는 김 부장 이야기) 속 '김 부장'처럼 중요한 결정을 너무 쉽 게 해버릴 것 같다는 위기감이 들었다. 게다가 나는 내가 약간은 충동적이고 귀가 얇은 사람이라는 것을 잘 알기 때문에, 나 스스로를 자제시키기 위한 원칙 을 하나 세워야만 했다.

"창업하고 싶으면 6개월 이상 관련 직종에서 아르 바이트하기, 사계절은 지켜보기"

그렇게 스스로를 제한하고 나니, 오히려 "지금의 나"를 활용해서 할 수 있는 일들에 집중하게 되었다. 향후 수입까지 고려해 부동산 경매, 전문 면접관, 코

칭, 교육 기획, 강사 도전 등 떠오르는 문은 다 두드려 보기로 했다. 어떤 것은 못하겠고, 어떤 것은 조금 더 깊이 있게 하고 싶고, 어떤 일은 시간이 가는 줄도 모르게 즐거웠다. 이런 '두드림'을 통해 결국 내 취향과 선호, 할 수 있는 것과 없는 것이 구별되기 시작했다.

나는 직장 생활의 경험속에서 새로운 문을 찾았다. 누군가는 그동안 즐겨온 취미에서, 또 다른 누군가는 전혀 새로운 분야에서 문을 발견할 것이다. 겉으로는 이전과 완전히 다른 선택처럼 보이지만, 돌아보면 결국은 우리가 살아온 시간과 경험 위에서 다시 자라는 가지들이라는 생각을 한다.

결국 내가 정의한 인생 2막은 과거와 단절된 완전히 새로운 나, 'Brand-new'이기보다는 지금까지 쌓아온 '이루어진 나'를 앞으로의 삶에 맞게 재조립하고 재해석해서 다시 짜여진 나, 'Renewed'가 되어가는 과정이다.

막상 '나'라는 브랜드를 들고 세상에 서려고 하니 생각지도 못한 벽에 부딪혔다. 조직 안에서는 이름 뒤에 붙은 직함이 곧 실력이자 보증서였지만, 조직 밖에서는 오직 나 개인의 전문성을 객관적으로 증명해야만 했다. 지난 경력이 결코 가벼운 것은 아니었으나, 문제는 '그 조직'이라는 특수한 환경에서만 유효했다는 점이다. 정작 세상이 요구하는 '자격증' 하나 갖추지 못한 나의 민낯을 마주하는 순간이었다.

Realigning: 기준! 내가 기준입니다

첫 번째 명함

사실 뭐 거창한 목적은 없었다. 내 경력을 확장할 수 있는 자격증을 따기 위해 전문 면접관 교육을 수강하게 되었고, 수강생들끼리 교류를 위해 명함을 지참하라는 요청이 있어 만들게 되었다.

막상 명함을 만들려고 하니 막막했다. 이름만 넣기는 쑥스럽고, 무엇을 어떻게 써야 할지 고민의 연속이었다. '아… 그냥 회사 다닐 때 쓰던 명함 들고 올걸. 그 명함 주면서 지금은 퇴직했다고 이야기하는 게 수월했을 텐데' 아무것도 안 들고나온 것을 또 후회하며 투덜거렸지만, 이미 엎질러진 물이었다. 다시 되돌릴 수는 없고 명함을 만들기로 했다.

　명함이라는 것이 건네는 순간 '나'가 되는 것이라, 우선 내가 무엇을 할 수 있을지부터 결정해야만 했다.

　나는 조직 안에서 쌓은 인사(HR) 경험이 가장 익숙하고 잘할 수 있는 일이라 생각했다. 내가 현직에 있을 때 아쉬웠던 부분을 찾아내고, 그 갈증을 채워줄 수 있는 일을 하면 수요가 있지 않을까 하는 막연한 기대감을 담았다.

"人sight Curator"－금융사 인사통합 경험을 바탕으로 채용부터 퇴직까지 조직에 맞춘 인사전략 수립/실행지원

　명함 뒷면에는 "前) OOO"이라는 경력을 잊지 않고 담았다. 여전히 현재의 나보다는 과거의 타이틀이 더 자랑스러웠고, 나를 설명해 줄 유일한 근거라는 생각이 있었던 것 같다.

　그런데 생각보다 반응이 괜찮았다. 교육장에서 명함을 건네자 직무명이 참신하다며 특허를 내보라는

이야기까지 들었다. 애써 만든 보람을 느끼며 스스로를 칭찬했다.

얼마 지나지 않아 전 직장 OB모임이 있었다. 이런 저런 이야기 끝에 명함을 만들었다며 돌렸다. 단지 명함 디자인을 내가 했다고 자랑할 생각이었는데, 돌아오는 질문은 너무 많았다. 사업자는 냈느냐, 그래서 구체적으로 무슨 일을 하는 거냐, 개업은 언제 하는 거냐, 사무실은 어디냐 등등. "우선 명함만 만들어봤어요. 이제 구체화해야죠" 식은 땀을 흘리며 대충 둘러댔지만, 가슴 한편에선 진짜 '人sight Curator'가 되어야 할 것 같은 명함에 대한 책임감이 생겼다. 이것이 '공개 선언 효과'인가 싶었다.

두 번째 명함

OB모임에서 '무슨 일'을 하는 거냐는 질문이 계속 걸렸다. 다시 명함을 보니 과거의 잔상에서 벗어나지 못했고, 전반적인 인사 업무를 담고 있어 이거다 할 만한 '한 방'이 없었다. 다시 만들자. 이왕 책임져야 하는 명함이니 '할 수 있는 일'로 다시 만들어보자.

첫 번째 명함을 만들고 4~5개월이 지나서야 두 번째 명함을 만들 수 있었다. 시스템도 인프라도 없는 상태에서 혼자 모든 체계를 잡기란 쉽지 않았다. 나처럼 1인 사업자로 분투하는 이들과 연계하고 네트워크를 만들어 가는 과정이 필요했다. 비슷하게 홀로서기를 시작한 분들을 찾아가 이것저것 묻고 배우며, 조직 밖에서 내 자리를 어떻게 만들어가야 할지 치열하게 고민하는 시간이었다.

"人sight Curator" -사람과 일을 연결하는 Adviser: 비즈니스코치/ HR컨설팅(실행 중심의 인사제도 설계 및 re-Design)

하는 일이 조금은 구체화되었다. 여전히 과거의 경력을 완전히 지울 수는 없었지만, 첫 번째 명함이 '직책' 위주였다면 두 번째 명함은 내가 현재 하고자 하는 일과 관련해 '직무 경험'에 초점을 맞췄다. 지인들을 만나면 자연스럽게 명함을 건네며, 이런 일을 하고 있으니 도와 달라는 이야기를 거침없이 하게 되었다.

지금 내 지갑 속에는 서로 다른 세 곳의 이름이 적힌 명함이 들어 있다. 앞으로 이 명함이 네 개, 다섯 개로 늘어날 수도, 혹은 단 하나로 정제될 수도 있다. 예전 같았으면 미래를 촘촘히 설계하고 정해진 목표를 향해 서둘러 달렸겠지만, 이제는 계획보다 '지금 내가 할 수 있는 일'을 하나씩 해보는 것에 마음을 두고 있다.

　속도는 예전만큼 빠르지 않다. 그렇다고 멈춘 것도 아니다. 오히려 힘을 조금 빼고 주변을 살피며 움직이다 보니, 일이 나에 맞춰 자연스럽게 확장되어 가는 느낌을 받는다. 시작이 거창하지 않아도, 계획이 완벽하지 않아도 좋다. 그저 첫 발을 내딛는 것, 그 자체가 생각보다 더 많은 문을 열어준다는 사실을 이제야 알 것 같다.

4부

그래도,
을지로는 아직 못 간다

퇴직 1년, 여전히 배우는 중

"상무님, 벌써 1년이 됐네요. 진짜 어떻게 지내세요? 먹고 살 만은 하세요?"

친하지만 오랜만에 만난 후배의 질문이다. 나는 웃으며 대답했다.

"야! 너보다 잘 살고 있어!"

후배는 경제적인 안부를 물었겠지만, 나는 삶의 가치에 대한 대답을 던졌다. 우문현답인지, 현문우답인지 모르겠다. 아마 내가 아직 조직 안에 있었다면 이렇게 답했을지도 모른다.

"그때가 좋았어. 너 거기 있을 때 잘해라. 주도권 있고 워라밸 좋으면 뭐하냐, 보상이 적은데."

조직 생활이라는 기준 안에서 직급과 연봉은 삶의 만족도를 가늠하는 가장 중요한 잣대일 수밖에 없다는 생각을 한다.

하지만 지금의 나는 '직급의 가치'에서 '나의 가치'로 중심을 옮겼다. 정해진 시간 안에서 정해진 일정을 따르기보다, 나의 리듬에 맞춰 하루의 루틴을 만들고 내가 정한 속도와 방식으로 살아간다. 여유 있는 아침 시간을 위해 점심부터 일정을 잡고, 가능하면 오후에 미팅을 한다. 업무는 가능하면 5시 이전에 마무리하려고 노력한다. 물론 새벽까지 일해야 할 때도 있다. 그래도 다음날이 부담되지 않는다. 하루를 조금 늦게 시작하면 되니까. 이런 나에게 누군가는 팔자 좋다고 말할지도 모른다. 그래서 먹고 살 수는 있겠냐는 걱정 섞인 말도 듣는다.

'1,934,000' 퇴직 후 처음으로 내 통장에 입금된 그날을 잊지 못한다. 한 대학의 평생교육원 워크숍 프로그램을 함께 기획하고, 퍼실리테이션을 맡아 프로그램 스케치까지 완성한 결과였다. 그동안 받았던 수많은 월급에 비하면 소소한 액수일지 모르지만, 그날의 기쁨은 이전의 어떤 보상과도 결이 달랐다. 회사의 타이틀을 떼고 오롯이 '나로서 얻어낸 첫 결실이었기 때문이다. 그 '첫 수익'의 기쁨은 숫자의 크기를 넘어, 내 방식대로 살아가도 괜찮다는 작지만 분명한 자신감을 안겨주었다.

퇴직 후 1년이 지났으니 이제 안정되었겠다고 생각할지도 모르겠다. 하지만 각자의 삶이 다르듯, 어느 시점을 '안정'이라 부를지는 각자가 정의하는 몫인 것 같다. 적어도 나는 예기치 않은 파도가 쳐도 나만의 속도로 노를 저을 수 있는 단단한 내가 되는 것이 안정이다. 그런 의미에서 여전히 나는 나에게 맞는 루틴을 만들며, '안정'을 향해 나아가는 중이다.

그래도, 지금이라 다행이다

지난 1년, 아무것도 하지 못하겠다는 무기력감이 찾아온 순간도 분명 있었다. 아침에 눈을 떠도 딱히 해야 할 일이 없고, 하루가 그저 길게 늘어지는 날들도 있었다. 그럼에도 이 시간을 어떻게든 버텨낼 수 있었던 힘이 무엇이었을까.

가장 큰 이유는 아직 부모로서 감당해야 할 역할이 남아 있다는 사실이었다. 누군가는 아이들을 다 키우고 홀가분해진 뒤에 퇴직해야 한다고 말하지만, 나에게 그 책임은 무기력에 빠지지 않도록 정신줄을 놓지 않게 붙들어 준 힘이었고, 주저앉지 않게 해 준 최소한의 버팀목이었다. 아마도 나를 바라보는 아이들 앞에서만큼은 무너지고 싶지 않은 부모로서 최소한의 자존심이었던 것 같다.

또 다른 이유는, 내가 다행히 50대 초반에 퇴직했다는 사실이다. 퇴사 이후 앞으로의 삶을 고민하며 퇴직을 선택한 사람들을 참 많이도 만나고 다녔다. 하루를 즐기시는 분, 전업 투자자로 자산을 굴리시는 분, 이전 경력과는 연관이 없지만 여전히 재취업을 이어가시는 분, 코칭과 컨설팅으로 개인 사업을 시작한 분들도 있었다.

주변을 돌아보며 느낀 공통점이 있다면, 새로운 일을 시작해서 자리를 잡기까지는 적어도 3년에서 5년 정도의 시간이 필요하다는 점이었다. 신입 사원이 대리를 달아야 비로소 "일 좀 하겠는데"라는 말을 듣는 것처럼, 새로운 삶에 익숙해지기 위한 시간은 분명 필요한 것 같다.

내 기준에서 인생 1막은 분명했다.

오랜 시간을 준비해 회사 안에서의 역할과 책임을 충실히 수행했던 시간. 때로는 밤을 새우고 가정을 잊은 채 경쟁 속에 뛰어들어야 했지만, 지나고 보니 경제적으로 무너지지 않고 살아낼 수 있었던 시간이었다.

그렇다면 인생 1막 이후에는 분명 다른 설계가 필요하다고 느꼈다. 내가 생각한 인생 2막은 퇴직한 52세부터 대략 65세, 길게는 70세까지의 시간이다. 자녀는 어느 정도 성장했고, 조직에서는 자연스럽게 한발 물러나야 하는 시기. 아직은 체력과 판단력이 남아 있어 새로운 도전을 감당할 수 있고, 설령 실패하더라도 다시 시작할 여력은 있는 때다. 지금부터 5년을 잘 준비하면 적어도 그 이후 10년은 내가 원하는 일을 하며 살아갈 수 있겠다는 나름의 계산이 섰다.

이어질 인생 3막은 삶의 속도가 자연스럽게 느려지는 시기일 것이다. 이때는 도전보다는 유지가 더 중

요해질 것이고, 체력에 맞춘 소일거리를 찾고 비슷한 일상 속에서 새로움을 찾는 삶이 되지 않을까 싶다.

그리고 인생 4막. 80을 전후로 맞이하게 될 그 시기에는 새로운 무언가를 더하기보다는 정리하는 일이 더 많아질 것 같다. 물건을 줄이고, 관계를 정리하고, 다가올 마지막을 현명하게 받아들이기 위한 준비의 시간 말이다.

이렇게 정리하다 보니, 인생 1막이 부모를 위해, 아이들을 키우기 위해 살아온 시간이었다면, 인생 2막은 비로소 내가 '나'를 중심에 두고 살아볼 수 있는 거의 유일한 시간이라는 생각이 들었다. 만약 정년까지 조직에 있었다면 준비 없이 인생 3막으로 넘어갔을 가능성이 크지 않았을까 싶다.

연극이든 뮤지컬이든 인터미션은 무대가 완전히 끝나기 전에 온다. 배우가 숨을 고르고, 다음 장면을 준비할 수 있도록 주어진 시간이다. 인생도 다시 뛰어들 수 있을 만큼의 체력과 새로운 선택을 감당할 여지가 남아 있을 때 잠시 멈춰 숨을 고를 수 있어야 한다. 그 시간을 너무 늦게 가지면 '준비'는 '휴식'이 되고, '선택'은 그저 '정리'가 되어 버린다.

그런 의미에서 50대 초반에 선택한 이 인터미션은 조금 이른 결단이 아니라, 오히려 가장 현실적인 타이밍이었는지도 모르겠다. 그래서 나는 지금 이 선택을 두고 감히 이렇게 말한다. "그래도, 지금이라 다행이다."

인터미션을 지나고 있는 당신에게

친구가 퇴직을 고민하고 있다고 연락해 왔다. 친구라 해도 깊은 속사정까지는 다 헤아릴 수 없고, 인생의 큰 결정이라 섣불리 말할 수가 없었다. 다만, 내가 퇴직 시점으로 다시 돌아간다 해도 나는 여전히 이 길을 선택할 것이라고 말해 주었다. 앞으로 친구가 겪어내야 할 '혼란의 시간'을 생각하니 마음 한편이 무거워졌다.

우리는 이미 인생 1막을 훌륭하게 완주해 낸 사람들이다. 그 저력이 있기에, 인생 2막 또한 우리만의 속도로 충분히 잘 살아낼 수 있다. 그럼에도 퇴직이라는 선택 앞에서 막막해지는 이유는 무엇을 해야 할지 몰라서라기 보다, '아직 정리되지 않은 나'로 세상에 서는 것이 두렵기 때문일지도 모른다.

지난 1년을 돌아보며, 다시 퇴직 첫날로 돌아간다면 나 자신에게 이런 말들을 해 주고 싶다. 한 번은 쉬어도 된다고. 지난 세월을 단절해 낸 나를 위해 한 달, 일주일, 아니 단 하루라도 아무 계획 없이 보내도 괜찮다고.

불안하거나 공허해지는 날이 오면 그 감정을 밀어내지 말고 적어 두라고. 처음 겪는 감정일 뿐, 이상한 것도 잘못된 것도 아니라고. 다른 사람의 이야기와 성공 소식에 잠시 거리를 두어도 괜찮다고. 지금의 나는 경쟁이 아니라 내 자리를 찾는 중이라고. 그렇게 조금 숨을 고르고 나면 비로소 앞으로 나아갈 힘이 생긴다.

매일 아침 오늘의 생각을 정리해본다. 해야 할 일부터 문득 떠오른 아이디어까지 적다 보면 하루가 조금 덜 막막해졌다. 새로운 일을 시도하기 전에 나를 먼저 돌아본다. 내가 좋아했던 일, 시간 가는 줄 모르고 했던 일들. 그러고 나면 새로운 일이 자연스럽게 보이기 시작했다.

거창한 계획보다는 작은 성공을 하나 만들었다. 회사라는 울타리 없이도 내가 무언가를 해낼 수 있다는 것을 몸으로 확인하는 경험 하나면 충분했다.

막막한 어둠 속을 걷고 있을 나에게, 그 시간을 조금 덜 흔들리기를 바라는 마음에서 전하는 '최소한의 마음 챙김'이다.

마무리: 을지로에 가지 않는 이유

이 과정을 지나오며 나는 비로소 내가 어떤 사람인지 알게 되었다. 회사 다닐 때는 자연스럽게 중심에 서 있다고 생각했지만, 막상 그 자리를 내려오고 보니, 나는 누군가를 끌고 가는 역할보다 옆에서 정리하고, 방향을 잡아 주고, 조용히 지지하는 일에서 더 편안함을 느끼는 사람이었다.

조직에 나를 맞추며 살아왔고, 그 역할이 곧 나인 줄 알았다. 그 옷을 벗으면 큰일이 날 것 같았지만, 막상 벗고 나니 오히려 몸이 가볍다. 이제는 오롯이

나로서, 내가 가장 편안한 역할을 하며 일하고 있다.

솔직히 말하면, 나는 아직도 내가 근무했던 회사가 있는 을지로에는 가지 못한다. 그 이유를 처음에는 나도 정확히 알지 못했다. 지금의 내가 부끄러워서도, 그 시절로 돌아가고 싶어서도 아니다.

자발적 퇴직이었지만 그 과정이 매끄럽지만은 않았고, 그 시간 속에서 굳이 마주하고 싶지 않은 감정들도 남아 있다. 무엇보다 을지로는 과정보다 결과로 평가하던 곳이다. 아직은 진행 중인 나를 설명하며 평가받고 싶지 않다. 나는 여전히 앞으로 나아가고 있고, 내가 생각한 "안정"에 닿을 때까지 조금 더 시간이 필요하다.

그래서 을지로는 아직 가지 않아도 괜찮다.

아무것도 하지 못하겠을 때,
'나'를 위한 체크리스트

☐ 출근하지 않는 하루를 설명 없이 보낸 적이 있다

☐ 한 달이든, 일주일이든, 단 하루라도 아무 계획 없이 보낸 날이 있다

☐ 무엇을 하지 않아도 되는 시간을 스스로에게 허락한 적이 있다

☐ 불안하거나 공허해지는 날, 그 감정을 밀어내지 않고 적어 둔 적이 있다

☐ 아직 정해지지 않은 상태를 불안 대신 '지금은 괜찮다'고 넘긴 날이 있다

☐ 다른 사람의 이야기나 성공 소식에서 잠시 거리를 둔 시간이 있다

☐ 지금의 내가 경쟁이 아니라 내 자리를 찾는 중이라고 넘긴 적이 있다

□ 아침이면 해야 할 일이나 떠오른 생각을 간단히 적어본 적이 있다

□ 오늘을 '내가 정한 하루'로 보냈다고 느낀 적이 있다

□ 새로운 일을 시도하기 전에 내가 좋아했던 일, 시간 가는 줄 모르고 했던 일을 떠올려본 적이 있다

□ 잘해야 할 일이 아니라, 다시 하고 싶은 일을 해본 적이 있다

□ 거창한 계획 대신 작은 성공 하나를 만들어본 적이 있다

□ 결과와 상관없이 내가 선택한 행동을 하나 실행해본 적이 있다

그리고,
□ 퇴사 후 고생한 나에게 "수고했다"라고 말해주었다

이 페이지에서 체크할 수 있는 문장이 하나라도 있다면, 멈춘 것이 아니라 이미 나아가고 있는 중이다.

오늘은 이 정도면 충분하다.

지구 소환행 출간 시리즈

지구 소환행 시리즈 Q

- 네 개의 날개, 네 가지 행복
쿼드콥터 드론

지구 소환행 시리즈 N

- 집 리셋 프로젝트
따라만 하면 되는 쉬운 집정리

지구 소확행 시리즈 R (Retirement)

나의 퇴사를 적들에게 알리지 마라
- 50대 워킹맘 연봉 2억 때려치운 이야기 -

1쇄 발행 2026년 1월 12일
지은이 황미연
펴낸이 김영경
펴낸곳 쑬딴스북
표지 디자인 이지선
인디자인 인지예

출판등록 제2021-000088호(2021년 6월 22일)
주소 경기도 파주시 탄현면 헤이리마을길 82-91 B동 202호
이메일 fuha22@naver.com

ISBN 979-11-94047-33-9